멸멸

멸滅

하용준 시집

글누림

차례

## 제1부 문패를 꿈꾸며

## 제2부 그대에게 가는 길

## 제3부 또 다른 과객이 되어

S님께 바칩니다.

1부 문패를 꿈꾸며

# 월정사(月精寺)

– 고(故) 지훈(芝薰) 선생(先生)을 기리며

노승(老僧)이 농문(弄問)하기를, 차(茶)는 찬데 어찌 뜨거
운고?
선생(先生)이 답(答)하여 웃되, 예, 보리(菩提)찹니다.

노승(老僧)도 선생(先生)도 모두 가시고 홀로 남은 밤에
석탑(石塔)을 돌며 나는 속엣말로 홀로 뇌었네.

지금은 지게차올시다.
(예끼 놈, 법주(法酒)를 맛만 본 게로구나.)

빛깔 없는 바람의 길은 시방삼세(十方三世)에 멀어라.
한 잔(盞)의 차(茶)를 달이기엔 너무도 부끄러운 밤

산문(山門) 밖에 등(燈)을 내어 걸고 명기(瞑氣)에 흠뻑 젖
었건만

봄 술도 채 못 다 비우고 하마 가을을 받아 놓았네.

새벽, 바람을 깨친 풍경(風磬) 소리 하나 둘
비리야바라밀(毘梨倻皮羅蜜) 그 서른세 밤을 아득히 건너
가고

눈을 뜨면 아직도 이승이라 서 말치 가마솥에는
불(佛)땀 알맞은 술밥이 자룩자룩 익어가고 있었네.

삼학(三學) 풍류(風流)에 이르기를,
가을에는 가을 술이 있어라 ————

스승이 돌아오시면, 오늘은
즈믄 강(江)의 삼천(三千) 곱을 마시고 선(禪)잠에 들겠네.

# 정화수 사발

마법의 요술램프 하나쯤은
우리에게도 있다.

至誠이면 感天
아닌 말을 지어 놓았으랴!

마르고 타는 가슴
—슌으로 빌어 온 갖가지 사연

닿아가야 할 하늘길이 멀어서
아직 이르지 못하고 있을 뿐,

한 가지 秘願을 들어 줄
그릇 하나쯤은 우리에게도 있다.

골골뜸뜸이 맑고 찬 샘물

달디단 맛을 고스란히 담아서

十年도 百年도 단 하루 마냥
感天을 기다릴 至誠 하나

뉘 집 정지에나 떠억,
없는 듯이 버티고 있다.

# 청량산 1

오늘,
대구 신암동 부처님을 모시고 와
청량산 맑디맑은 샘물로 씻어 드리고 보니
그제야 아주 낯익은 얼굴이다.

十里
된걸음 끝에 지어 올리는
늦은 저녁 공양
험한 산나물 찬가지가 입에 맞으실는지

內俗 瓦屋 한 칸이
눈물겨운 道場이다.

밤 깊어 잠드시다 말고
가만히
뒷간 가신 부처님,

배앓이를 하시는가 보다.


돌아보면
참 돌아볼 것도 없는 世間살이인데
어찌어찌하다가
예까지 와서는


丑時의 달빛이 하도 고와서
부질없이 한 개 향을 피워 올리고


절을 한다.

# 청량산 2

오백 개가 넘는 바위가
그 모양이 하나같이 똑같아서
한번 들어가면 다시 돌아 나올 수 없는
무시무시한 골짜기가 있는데
행여 찾아가 볼 생각일랑 하지도 말게.
그런 곳이 있다는 것만 알고
훗날 다시 한 번 와 보게.
산길이라도 어지간히 닦이고 나면
그때 내 일러줌세.

아무래도 아련한 시절에는
뜻한 바 있어 道를 닦던 山人이셨을 듯
바깥마을 사람들도
긴가민가하는 그 저승골을
老翁은 어느 한때
우연히 꿈길처럼 다녀온 적이 있다고

부처님은 등 뒤에 홀연히 앉아
말없이 듣고만 계시는데
골짝 물을 거슬러
못 견디게 찾아보고 싶은 저승골

예나지나
이것저것 하는 꼴들을 보면
길이라도 바삐 닦여서
슬쩍슬쩍 들렀다 돌아올 수 있는
저승이 하나 있기는 있어야겠다.

# 중, 떠나다

― 퇴옹당(退翁堂) 성철(性徹) 다비(茶毘)

끝물 나온 바람 한 장
길을
떠나는

젖은 山 그늘에
노오란 물봉선 하나가
輓章을 쓰고 있다.

모로 열린 하늘
빛살은
늘
한 뼘 거리에 닿아

한 세월
또박또박 다 닳아간 언어들

두고 가신 놋대야에
너나없이 이마를 대어 보는
오늘 하루

한 종발의 먹물에 비치는
구름도
疊疊 산도
단발붓으로 떨어내고

빈 벼루 흔들며
생글생글
동자 속으로 배웅해 드리고 싶었네.

불보다 뜨거운
손금 한 줄

不肖 生을 무릅쓰고
바라보는 날.

# 공습, 그 이후에

물이 너무 맑으면 고기가 살지 않는 법이지.
맑은 물은 사람이 먹고사느니.

바지주머니에 손을 찔러 넣어 열쇠꾸러미를 꺼내려다
주머니 밑단이 새끼손톱날 크기로 터져 있음을 알았다.
고리에 고리를 이어 달려 나온 쇳조각들을 책상 위에
올려놓고
담배를 피워 물었다.
담배 연기가 적막한 사무실 천장으로 올라가며 브라운
운동을 한다.
왜 터졌지.
아내의 얼굴이 떠오른다.
서너 땀은 떠야 할 것 같은 느낌.
출근할 때 아내는 현관에 서서 세살박이 태성이를 인사
시키고 나서
뒷덜미에 대고 말했다.

퇴근하는 길에 집으로 바로 올 것 같으면

빠리바게뜨에 들러 어머님 좋아하시는 카스텔라 좀 사
오세요

태현이한테는 모빌도 하나 달아 줘야 하는데…….


언제 터졌을까.

빈 주머니에 손을 넣어

검지 손톱 끝으로 터진 곳을 건드려 보았다.

틈새로 하나둘

은단알 만한 씨앗들이 빠져나가고 있었다.

어두운 씨방으로 내려가 보았다.

어른어른 비치는 것이 있었다.

강이었다.

잔 물살 하나 일지 않는 강이었다.

강은 멈추어 있었다.

구름도 흐르지 않았고

새 한 마리, 바람 한줄기도 날지 않았다.

아가미를 벌룸거리며 수면에 오를 듯도 한 물고기 한
마리도

보이지 않았다.

눈꺼풀을 더듬어 오는 것들이 있었다.

무어라 무어라 두런거리는 소리가 들려오고 있었다.


강은 흐르고 있었다.

멈춘 듯한 얼굴로 흐르고 있는 것이 보였다.

자맥질을 하고 있었다.

원을 그리며

원을 그리며

스쿠버다이버의 흉내를 내고 있었다.

강이 멈추어 있다고

섣불리 생각한 것이 후회가 되었다.

자맥질을 하며 하류로 떠내려가고 있었다.

큰놈 작은놈의 상추씨만한 눈동자가 생각났다.

아내가 기다리는 모습이 떠올랐다.

돋보기를 끼시고 아이들 파자마를 깁고 계실

어머니가 생각났다.

강으로

사람들이 하나둘 뛰어드는 소리가 들려 왔다.


강물이 점점 불어나고 있었다.

아가미가 점점 빨리 움직여졌다.

답답했다.

떠나고 싶다……

물의 밀도가 높아지고 있었다.

눈을 떴다.

사람들이 소리를 지르고 있었다.

허우적거리다가 물속에 가라앉는 모습들이 보였다.

그러다가 이내 다시 떠올라

아무런 일이 없다는 듯이 둥둥 떠가고 있었다.

얼마나 떠내려 온 것일까.


어디 아파?

등줄기로 황 부장의 칼날이 박혔다.

동료들도 저마다 눈도끼를 던져 왔다.

말없이 밖으로 나왔다.

휴게실 창으로 바람이 불어 왔다.

도로를 내려다보았다.

차들이 한 대도 지나지 않았다.

훈련 공습경보?

고개를 기울여 남부정류장으로 넘어가는 언덕을 보았다.

모두 엉거주춤 비켜서서 숨을 죽이고 있었다.

도로 건너편 박물관 너머로

비둘기 한 마리가 사라져 갔다.

가야할 시간, 사흘 남았다……

깊은 강은 잔물결을 일으키지 않아.
잔물결은 살아 있다는 증거이거니.

# 구룡포에서

바다는 더욱 커져 있고
지구 저편에서

누군가
쉼 없이 보내오는
약첩이 발밑을 친다.

소주를 마신다.
그놈이 생각난다.

옛 신발을 찾아볼까 하다가
웃는다.

물끄러미

수평선을 넘어

성큼성큼 걸어오는

큰 배

두 척을 본다.


눈을 비비고

또 비비고

바라본다.

# 씻다가 난 생각

어릴 적에,

몇 살 적 일이었는지는 기억이 나지 않는 그날 저녁

아버지께서는 집으로 돌아오셔서

손을 씻으셨다.


연탄불로 데운 찜통 속 뜨거운 물을

양은대야에 반쯤 붓고

붉고 커다란 고무대야 속

살얼음이 낀 수돗물을 바가지로 떠 붓곤 하시며

세숫물 온도를 맞추어 주신

어머니를 마당에 우두커니 세워 두시고

손등이며 손목, 손가락 마디마디

다이알 비누로 빠드득 빠드득

남루한 빨래를 빨아내듯 수없이 손을 씻어내시던

아버지

아버지께서는
그렇게 손부터 아시 씻고 나서야
얼굴을 씻으셨다.
비누손으로 하얀 거품을 내어 목은 또 얼마나
문질러 대시던지

말단 경찰관이셨던 아버지께서는
70년대 후반으로 기억되는 그때에
참 깨끗이 씻으셨다.

모처럼 일찍 들어온 날
아빠와 장난을 치고 싶어서인지
빨리 씻고 나오기를 바라며
욕실 문고리를 잡고 히죽히죽 웃고 있는
두 녀석 앞에서
이를 악물고 손바닥에 비누칠을 하다가
문득 그때 생각이 났다.

# 금동미륵보살반가사유상

그대를 빚은 사람은
그대만한 웃음을 웃었을까.

나는 아직 그대만한 웃음을
어디서도 찾지 못하였다.
이 골목 저 골짝
숱한 인로(人路)의 갓길에서
그대의 웃음을 찾아 헤맨 지 오래

그러한 하루
고단한 심신을 이끌고 집으로 돌아와
아이들 방에 들어섰을 때
아, 거기에는!
정말 거기에는!
그대의 웃음이 거짓말처럼
살아 돌고 있었다.

잠든 큰녀석이

무슨 꿈을 꾸고 있는지

꼭 그대처럼

볼웃음을 짓고 있었다.

# 입학

1.
큰아이가
초등학교에 입학했다.

좋은 날
다아
갔다.

불쌍한
놈.

2.
여기저기에서
들어온 연필만도
삼백 자루가 넘는다.

한 줄
문장은커녕
구절도 이루지 못하는 그놈한테

어떤
쓸개 빠진 것들이
선물 했노!

3.
공부가 다는 아니고
사회성을 배우는 게 학교라고

그래 그렇겠지
그른 세상
그른 대로 섞여 사는 법을
배우려고

큰놈은
제 등짝보다
큰 가방을 메고 학교에 가네.

# 붕어

한 마리가 끓어오르는 물속에서 천천히 몸을 뒤틀며 올라왔다가 이내 사라진다. 아래위로 흐르는 뜨거운 물길에 심신을 고스란히 맡긴 채, 불을 지피면 지필수록 깊어만 가는 솥 안에서 꿈을 꾸듯 자맥질을 하고 있다.

살갗은 허물어져 내리고 바늘뼈마저 하나둘 빠져나가는 데도 아무렇지 않다는 듯, 자세히 보니 기쁜 빛도 슬픈 빛도 없는 그런 뜬눈으로 아, 붕어는 죽은 듯이 삼매에 잠겨 있다.

어젯밤 붕어를 낚아 올렸을 때, 캄캄한 어둠 속에서도 못물이 찰나 없이 붕어의 체적만큼 줄어드는 소리를 들었다. 그렇게 못물이 줄어든 것처럼 지금 솥물도 줄고 있다. 솥 밖으로 건져내는 게 아무 것도 없는데도 물은 자꾸만 줄어든다. 붕어의 삼매 속으로 물이 새나가고 있는 것일까.

장렬히 산화하듯 수화하고 있는 붕어의 몸, 마침내 붕어는 보이지 않고 뜬눈도 솥 안 어디로 사라져 버렸다. 눈을 비비고 들여다보니 펄펄 끓는 것은 물이 아니라 거품이었다. 아궁이에 걸어놓은 것은 솥이 아니라 못이었다.

눈 낚시를 드리웠다. 부옇게 끓고 있는 못 속에서도 용케 입질하는 놈이 있었다. 한순간, 얼른 낚아챘다. 붕어도 허탕도 아니었다. 눈바늘 끝에 걸린 건 붕어가 남긴 삼매, 그것이었다.

붕어는 어디로 간 것일까. 그때 갑자기, 누구의 것인지 알 수 없는 트림이 쏟아져 나왔다. 부어억! 온몸에 소름이 좌악 끼쳤다. 얼른 고개를 들었다. 사방으로 손을 휘저어 보았다. 아무 것도 잡히는 게 없었다. 설마…… 아, 나는 붕어의 몸속에서 꿈을 꾸듯 자맥질을 하고 있었다.

# 불상(佛像)

불상이 있다는데
떠밀려 가지고 있다는데
집안사람들이 즐겨보는 불상이라는데

내놓아야 한다는 말끝에
임자는 맞돈이 없고
객 또한 거둘 도리가 없다.

불상은 진실로 생각하는가,
삼계에 제 한 몸
고이 둘 곳을.

저 버스승강장처럼
바꾸어 오고가는
시방삼세의 자리들

이와 같이 나는 들었다.

삼천대천세계

어느 곳에 그 몸의 주인이

있느냐?


관(觀)!

자재보살 마하살.

# 가을밤

내일쯤에야 오신다던 연님 하마 와 계신다네.
지척 마중 못 나가는 한 심정 동동북을 치는데
내리는 저 빗발빗발 초바늘을 힘겹게 밀어가고
댓돌 위 신발짝도 제풀에 긴긴 밤을 뒤척이네.

# 輓兀의 길

그의 風流엔
달이 없다.

달빛이 없기에
날마다 골골샅샅
절룩그림자를 놓으며
홀로 흰 수레를 끈다.

하늘 아래 똑같은 달이
어찌 그에게만 뜨지 않으랴만
(북 치고)
뉘 알겠는가?

月印千江할 제
오히려
몸 감추는 理法에 드느니.

輓兀은

가는 이의 걸음새가 아니라

보는 이의 부러운 눈꼴이다.

* 輓兀(만올) : 정병서 형의 아호

# 부채

풍류필 일획도 없이
훌쩍 건너뛴
한 자밤 여백이
썩
흰 막걸리 맛이다.

二十八宿 부챗살
살살이 알아라 알아라
감추어 담아주신
疊疊
하늘의 履歷

욕심이 많아서
내내 깨닫지 못하다가
때에 문득 느껴서
그

빛나는 붓자리를 보았다.

# 달

가렸다 걷혔다
내 속 덕지덕지한
지방질 점액 덩어리 사이를
고요히 잠행하듯
핥은 듯
마알간
달이 가고 있다.

밤에도 낮에도
그놈은
늘 똑같이
제 갈 길을 가고 있건만

나는
참.

# 우정

태완이가 봄 보신시켜 준다고
옻을 넣고 오골계를 푹 고았다.

살코기와 진국을 안주 삼아
시바스 리갈 한 되를
나 혼자 다 먹다시피 했다.

보신은커녕 춘삼월 대낮부터
정 골병이 든 날

그 골병
남은 생에 몇 번이나 앓게 될까.

가져온 닭 발톱을 만지작거리다가
시 한 수 지어서 선물하려고
밤을 꼬박 새고 말았다.

# '거' 가면

한뉘라,
두름 엮은 나달나달
저물볕 에움길에 진 짐이 짐 되거든
때때이
무커리 벗어 털고
다리쉼도 하시면서
쪼매 더디 가시라.

궂은 날엔 젖고
갠 날엔 말리고
그러그러 물빛 바람빛 매구치며
가락만 입속 맴도는
노래도 한 닢 더듬으실 일

발써 익어 눈감고도 가는 길일레
길은 곧아도

우리 걸음이 늘 사행(蛇行)이지 않던가.
서름히 답쌓고 잇달은
사람 풍랑 굽이굽이
너나없이 제금제금
외대박이 떠가듯 가는 길에

세상사 삽짝,
'거' 가면
반겨 나부끼는 청렴(靑帘) 한 장 없지만
두 발짝 한 걸음 늦게 닿아도
홑길손 뭇길손
밟아온 길 묻지 않고
즌가믄 날맞이로
싱긋빙긋 길차게 울리는
이팔삼삼(二八三三) 빈 북이 있다.

* '거' : 대구 수성구 두산동 소재 술집. 2006년 폐업.

# 어떤 悲歌

1.
도사는 도사들끼리 살아,
우리는 우리끼리 살 테니까.

무릉도 도원도 너희들의 말
마음 한 자리도 너희들의 말

우리는 우리끼리 놀 테니까
제발 너희는 너희끼리 놀아.

당달봉사 장 구경 다니듯
귀머거리 마 캐듯 살아도

이승에선 이승놈답게
저승에선 저승놈답게

2.

달 좋다고 달 바라본 년
달 없을 땐 뭐로 사나?

비 좋다고 비 맞은 년
비 없을 땐 뭐로 사나?

달도 있고 비도 있는
그런 희한한 날엔

육자배기 한 노래도 있고
오언시 한 수도 있단 말이지

오늘은 반풍수 주절주절
명당 터 오관풍 논하듯

한 입으로 두 마디도 하고
누가 따를래, 한 잔 술!

3.

고행하기엔 날이 어둡고 잠들기엔 밤이 너무 길어요.

어쩐지 오실 것만 같은 날이 날마다 날 속여 밀쳐 둔

주안상만 제철상으로 바뀌곤 하였답니다. 언제든 좋으니

오셔 주기만 하셔요. 한때의 변절을 탓하시지만 않는다면

이제는 천날밤도 만날밤도 견딜 수 있어요. 달이나 비나.

# 처첩별곡

처 같은 년을 보내고
첩 같은 년을 만나서
처 같이 여겨 살았어.
날마다 꿀맛 봄 날씨
남은 생 함께 꿈꾸던
좋은 때 얼마 못가서
첩 같은 년은 떠나고
처 같은 년이 돌아와
병든 몸 수발 구완해.
뒤늦게 미안 편안타
입속말 내어 전할 뿐
똑바로 대할 낯없어
하루가 가고 또 하루
몸 돋워 기운 돌리니
그 버릇 황구 못줄까
처 같은 년을 두고도

간 넌이 마냥 그리워.

# 주흘산

주흘산
여인이 산발하고 누운 산
멀리서 바라보네
눈 비비고 바라보네
사랑이 숨막힌 눈빛
그 봄 눈빛 그대로

주흘산
구름도 눈을 감고 가는 산
갓 씻은 몸매에서
뿜어내는 한여름 향기
풀내음 꽃내음마저
자취를 감추는 산

주흘산
산정에는 단풍이 들지 않는 산

길마다 골마다
오색정화(五色情話) 만발하여도
하늘빛 물드는 사연
세상이 다 볼 수 있게

주흘산
눈옷 입고 비로소 일어나는 산
한 춤사위 흐르면
꽃산이 되고 별산이 되고
사랑아, 눈물 흐르면
우리도 저 산처럼.

# 연탄을 갈며

밤 한 시에 연탄을 갈러 갔어.

집게로 들어 올리니까 맨 밑쪽 두 장이 붙은 거야.

참 귀찮거든.

웬일인지 흔들어도 안 떨어지는 거야,

마치 한 몸이나 되는 것처럼.

에이 참 하면서 붙은 걸 화덕에서 그대로 꺼냈지.

전에 같았으면 그냥 바닥에 눕혀서 집게로 두드려 깰

걸

갑자기 점잔 뺀다고 톱으로 썰었지.

그러니까 자꾸 아프다는 거야.

집게에 끼운 두 장을 눕혀서

돌려가며 톱으로 써는데

밑장인지 윗장인지 모르겠지만

자꾸만 그만 하라는 거야.

불현듯 섬뜩한 생각이 들어서

두 장이 딱 붙은 그대로 다시 화덕에 넣어 줬어.

그리곤 하나도 겁먹지 않은 듯한 목소리로

아직 불이 남았으니 한 시간 뒤에나 갈아야겠군.

신발을 벗고 방에 들어오면서 시계를 봤어.

어, 저것들이 붙어서 열한 시간이나 탔는데?

거 참 모를 일이야.

참대에 누워서 옆 빈자리에 놓아둔

흰 베개를 쓰다듬는 겨를에

문득 고개가 끄덕여졌어.

그래서 붙은 채로 다 타서

온기 한 점 남기지 않고 싸늘하게 식은 뒤에도

그 연탄 두 장은

내일이고 모레고 안 갈기로 했어.

# 강남 제비

처박아두었다가
한 번씩 꺼내 입기도 하지.
빨고 다리고 해서 입어보다가
정 정나미가 떨어지면
비싼 건데, 내가 되게 아끼는 건데 하면서
남 줘버리기도 하고 내다버리기도 하지.
사실 진짜로 아끼는 옷은
좀 낡아도 오래 입고
정이 안 가도 남보란 듯이
뽀대로 걸어두기도 하지.
하지만 아무리 명품이라도
단추 떨어지고 실밥 터지면
담뱃불에 구멍이라도 나면
미련 없이 버리고 말지.
그런 거 아깝다고
수선해서 입고 다니면 추해 보여.

그래서 버릴까 말까

심각하게 고민한 적 없고

가지고 있어야 되나 말아야 되나

골치 아프게 두 번 생각한 적 없어.

그런데 아무리 그래도 다 내다버리고

달랑 한 벌만 남겨둘 순 없지 않겠어?

사람이 어떻게 옷 한 벌만

입고 다닐 수 있느냔 말이야.

최소한 씻고벗고 두 벌은 있어야지.

마음에 드는 걸로 주로 사 입는 편이지만

유난히 때깔 좋다 싶으면

남이 입다 버린 걸 얻어 입는 것도 나쁘진 않아.

이미 길들여진 다음에 버려진 거라

입으면 입을수록 더 착착 달라붙거든.

그럴 때 중요한 거는

내게 맞는 걸 입는 게 아니라

내가 맞춰서 입어준다는 거지,

풀 데는 풀고 채울 데는 채워서.

또 옷이 날개라는 말도 있잖아.

입으려고 마음먹었다면

기왕지사 좋은 걸 입어야 한다는 얘기지.

하지만 날개란 말 그대로
제멋대로 날아가 버릴지도 모르니까
어떤 경우에라도 용도 이상의 애착은
갖지 말아야 한다는 말도 되지 않겠어?
그래서 나는 나의 필요,
그 이상으로도 그 이하로도 취급하지 않아.
저거가 몰라서 그렇지 솔직히
여자는 의복과 같은 것이거든.


갑오년 소서(小暑),
그 전일 유시(酉時)에
뒷산은 구름이 가렸고
앞산엔 운무가 머물다.
대문은 잠겨 있고
비는 주춤한데
처마 낙수가 삼삼오오
뒤풀이를 하다.
우인(虞人)은 들마루에 앉아
베토벤의 피아노 삼중주 '대공(大公)'을 들으며
전에 누가 남기고 간 로얄 살루트 일잔량을 마시다.

때 모르고 날아가는

제비 한 마리를 바라보며

타임 담배 한 개비를 피워 물다가 문득

'강남 제비'를 날림글씨 일필로 적어 놓고

혼자 실없이

웃다.

# 영재교육

앞으로 가도 더 많이 남는 길
뒤로 가도 더 많이 남는 길


이게
뭘까?


뭐지?
뭐지? 뭐지? 뭐지?
뭐지? 뭐지? 뭐지? 뭐지?


가만히 있던
한 아이와 눈이 마주쳤다.


먼 길요

# 참고 참자하나

참고 참자하나 참자니 산목숨 같지 않아
화를 버럭 내고 나면 촌각내 후회인데
또 다시 생각하자면 그 홧불길 그대로

으이그 으이그 그래 다 내 잘못이다
저 입에선 미안타 잘못타 말 한마디 없어
참아도 참고 참아도 여전한 속홧불씨

노(怒)는 역덕(逆德)이요, 덕(德)은 불노(不怒)라
붓길 더듬어 쓰고 또 쓰고 읽고 또 읽어도
먹통이 돈통 되겠어? 듣는 귓불 새로 타올라.

# 조화(造花)

– 눈썹 문신 실패한 여인

그렇게 해서라도 기어코 꽃 축에 들어야 되겠어? 너 같은 것들이 널려 있으니까 진짜 꽃이 꽃 대접을 못 받잖아! 꽃이란 필 때도 있고 시들 때도 있는 거야, 알겠어? 그런데 너는 늘 피어 있는 것처럼 보이려고 오만 짓을 다 하다가 결국에는 그렇게 이상한 꼴이 되었잖아! 오래 피어야 고작 이렛날 여드렛날 가는 진짜 꽃들 다 억울하게 만들면서까지! 그거 알아? 이제는 진짜 꽃들까지 아무 생각도 없이 제 잘난 꼴을 버리고, 세상 덩달아 무덤 속 같은 길을 줄줄이 따라가고 있다는 걸.

# 초짜의 반성문

역시 내가 성급했어 시간을 끄는 건데
나댄다는 인식을 준 게 크나큰 잘못이야
얼마간 간파했으면 물러섰어야 했어

작가의 정신세계를 알고 싶어 했다잖아
눈치 못 채게 아무 관심도 없는 척할 걸
이제는 돌이킬 수 없어 뼈저리게 후회돼

왜 좀 점잔을 빼지 못했을까 바보같이
그간 너무 외로웠나 그랬군 그 때문이야
이제는 냉정한 눈빛 통하든 안 통하든.

# 누나가 다녀간 날

내가 죽기 전에 세례 받기를 간절히 바란다며
누나가 세례명을 한 가지 골라보라고 했다.
땀나는 고민 끝에 성 발렌티노로 정했더니
누나가 나에게 잘 어울린다며 몹시 기뻐했다.
나는 세상 모든 연인들이 슬프지 않으면 좋겠다고
발렌티노를 내 세례명으로 정한 이유를 말해주었다.
누나가 말없이 웃으며 내 두 눈을 바라보다가
착한 내 동생이 오래 살아야 될 텐데 했다.
나는 착하게 살지 않은 게 좀 부끄러웠지만
누나에게 기쁨을 줘서 병든 가슴이나마 뿌듯했다.
그리고 정말 착한 누나 엘리사벳이 오래오래 살기를
묵주를 꼭 쥐고 누나의 신께 간절히 기도했다.

# 金曜紀行

| | |
|---|---|
| 路迂遙與演 | 길은 물을 따라 아득히 굽이돌아 흐르고 |
| 人夢佇從緣 | 사람은 인연을 좇아 꿈속에서도 기다리네. |
| 無道坤毋衢 | 세상에 가지 못할 길이 없듯이 |
| 莫因某不連 | 사람이 이루지 못할 인연도 없다네. |

# 暗歎

| | |
|---|---|
| 我意元藏旻 | 뜻은 본디 가을 하늘을 간직하였건만 |
| 心常居于黑雲 | 마음은 언제나 먹구름 속에 살았네. |
| 濁景又霽朝 | 흐린 날에 맑은 날 |
| 斜以橋如弓 | 활 같은 다리를 놓아 |
| 幾何多虹空出寥 | 얼마나 많은 무지개 속절없이 뜨고 졌는가. |
| 夜積孤坐 | 깊은 밤에 앉아서 |
| 把一酒杯與壁影 | 벽에 비친 그림자와 한 술잔을 들거니 |
| 念重恫惜也 | 생각하면 아쉬워라, |
| 悟日尙多於酩惚夢 | 취한 날보다 깨어있는 날 더 많았음을. |
| 回而 | 돌이켜 |
| 當思之不思 | 생각해야 할 것을 생각하지 못했음과 |
| 當不思之思 | 생각하지 말아야 할 것을 생각했음을, |
| 順知之不知 | 알아야 할 것을 알지 못했음과 |

| | |
|---|---|
| 順不知之知 | 알지 말아야 할 것을 알았음을, |
| 可說之不說 | 말해야 할 것을 말하지 못했음과 |
| 可不說之說 | 말하지 말아야 할 것을 말했음을, |
| 宣行之不行 | 행해야 할 것을 행치 못했음과 |
| 宣不行之行 | 행하지 말아야 할 것을 행했음을 |
| 如今逡想 | 이제 와 비로소 떠올리니 |
| 影笑聲留喉門 | 그림자 웃음소리 목에 걸리고 |
| 胸中過一絲無色風 | 가슴에는 한 줄기 빛깔 없는 바람이 지나가네. |
| 以人世居 | 사람으로 사는 일 |
| 誰語强浮沫 | 누가 구태여 덧없다고 하였는가. |
| 泉酒數瓮 | 샘물 술 몇 항아리에 |
| 曉已三點明 | 날이 밝아 왔는데. |

# 2부 그대에게 가는 길

# 각시꽃 1

어느 누가 함께 살자고 하였기에 너는
티끌 같은 슬픔도 없이 하늘거리며 왔는가.


종종 각시걸음으로 딛고 온 시월의 이렛길
참하고 예사로운 그리움에 수줍은 사람아


때로 바람의 한 굽이 꺾어 울던 우바새(優婆塞)의 호로
소리에
이승의 삽짝으로 뿌려온 눈물 낱 올


메마른 이 강토(疆土) 언제나 거역 없는 먼발치엔 서선
달과 별이 흐르는 일백여덟 골짜기를 비워낸 사람아


삼세(三世)의 한 하늘 밑 몰아치는 바람비에 겨워
낯낯이 고개 숙여 떠나는 목숨들이 또 저처럼 많은데

어느 누가 함께 살자고 하였기에 너는 정녕
티끌 같은 슬픔도 없이 하늘거리고 있는가.

# 각시꽃 2

- 밀양에서

ㄱ.

滿塘秋水 —————

시리도록
맑은
玉빛 눈매의 伽倻女人을 기다리다

멈춘 時間 속에 서서
바라보는 하늘
푸를수록

億丈 무너지는
因果
應報

한 장
흰 구름으로
힘껏 달려보다.


ㄴ.
이곳까지는
色空 百里 길


季節보다
먼저 와


꽃말 한 가지
품어 안고
말없이 기다리는 女人 ―――


그대였구나.


ㄷ.
쓸쓸히
비 내리는 날에는

옷깃이라도
스칠 것만 같은


잎새에
바람이 흐르듯


그렇게라도
因緣아!
因緣아!


ㄹ.
늦은 밤
山門에 걸터앉아


붉은 꽃
一枝를 마주하느니


발아래
고요히 멈추는 江


손금 하나를

툭툭 털어 내다.

# 각시꽃 3

## – 노란물봉선

1.

버들옷 입고 천년인 오시는 날
저물볕 홑겹 두르고 왼고름도 맬래
열 걸음 홀딱재만 가만사뿐 넘으면
각시꽃 민각시꽃 웃고 있을 이 곳

달넋 고와 꽃수풀에 짝짝새 울고
숨은 시내도 물머리 맞대어 가는 길
골골샅샅 뒤척이듯 나부끼는 청렴(靑帘)의
넢넢에 젖어 뷔빗걸음 놓아 오시는지

별들도 밤을 잊고 제 철을 타는 철에
어둠조차 덩달아 제 어둠으로 빛나는
빈 마당 남은 생의 녹창(綠窓) 아래로
난봉처럼 불고 가는 빛깔 없는 바람들

꿈에 꿈을 더한 꿈속 꿈에서도 초록이
그리다 부르다 숨 고며 쓰러진 적이야
십리를 밟아오면 또 십리가 멀어지는
아득한 삽짝 그 어드메쯤 어드메쯤


2.
삼경량(三更量) 불나올이 제풀에 몸서리치면
전생에서 참았던 피 너무 뜨거워
쩌르릉 쩌르릉 천둥불로 번지는데
온몸을 뉘누리치는 단 한마디 말씀이


나 오직 그대와 짝하고 벗짓고 살아
즈믄 해 가믄 밤을 첫날알이로 살아
속엣말 언약이 맨살을 드러낼 적마다
동동 발부리째 사르고 살라버리고 싶어


이 밤은 구만리장천을 다 태우고도
또 구만 리를 더 태워야 채워지는 밤
천하(天河)에 시위지면 별 떼가 쏟아질 걸
저 산도 온 산정 불깃을 놓아 올는지

가만 가뭇없이 돌아가는 북두(北斗) 소리에
환신(環身)하신 그리메인 양 일어서는 산
두둥실 덩실 가락이 숫고비 이르는 사품에
아, 지즈로 샛노랗게 잎 시울 터지는 몸아.


3.
해원경(解冤經) 금빛 강물에 꽃잎이 떨어져
낱낱닢닢 오야(五夜) 간밤에 다 떨어져
삼생의 옷고름 남김없이 떠오는
가는 귀 먹은 듯이 흘러만 오는


잔 슬픔 매어 놓을 나루터 하나 없는
구곡간장 아홉 굽이를 흐르고 흘러
비나이다 비옵나이다 비손처럼 떠 드는
지심(地心)에서 은한(銀漢)으로 흘러만 드는


그 강물에 다시 별뢰의 별이 어리어
빛빛쪽쪽 이십팔수 뭇 별이 다 어리어
팔관회 연등처럼 소리 없이 떠가는
정처 없이 지소(至所) 없이 흘러만 가는


81

새는 날 먼 하늘에 넋각시꽃 흩날리면
밤밤이 해달별을 져 나르던 사람 사람들
구름 위 누각별에 시오려 둘러앉아
천년 덧 감추어 둘 단 한 말꽃 피우겠네.

# 각시꽃 4

– 배꽃이 피는 날에

배꽃이 피는 날에 팔백 리 밖 남녘의 목소리를 들었네.
전생에서 연비를 하고 한 맘 굳은 언약까지 나눈 우리
금생에 와서 마주보니 이토록 늦은 만남이 야속하여라.
풋잠도 아까운 시간은 왜 밤낮없이 꿈처럼 지나가는지
영원이 있다면 그 영원보다 한 하루만 더 너와 있고 싶
어.
봄밤이 가네, 내 사랑을 외면코 서두르듯 봄밤이 가네.

배꽃이 피는 날에 각시야 최면을 걸어오는 너를 만났네.
교촌리 바람 별빛에서 미남리 노을 달빛까지 품은 우리
긴 헤어짐을 눈앞에 두고 내생은 또 무엇으로 기약할까.
내 하나의 님은 세상 모든 걸 잃고 있는 이맘을 아는지
무한이 있다면 그 무한보다 한 시간만 더 너와 있고 싶
어.
봄밤이 가네, 내 사랑을 데리고 흐느끼듯 봄밤이 가네.

# 각시꽃 5

### – 그 사람

한번은 꼭 만나고 싶은 사람이 있다. 첫사랑도 옛 친구도 아니다. 간절히 만나고 싶지만 내가 먼저 찾아볼 사람은 아니어서 긴 세월 때가 오기를 기다리고만 있다. 살아온 날들을 돌아보아 가장 큰 죄를 지었다고 느껴지는 사람. 어떻게든 짧은 소식이라도 듣게 된다면 좋으련만. 나는 살아 눈뜬 오늘도 기대한다, 불현듯 그 사람의 근황을 알게 되기를. 그리고 더욱 더 기대한다, 기적처럼 그 사람으로부터 직접 연락이 오기를. 그리하여 그 사람을 만날 수만 있다면, 그 자리에서 나의 모든 것을 내어놓고 그 사람의 손에 죽어도 아무런 여한이 없겠다. 그것으로 지난날의 속죄가 될지는 모르겠지만 말이다. 앞으로 어느 때 우연하게라도 그 사람이 이 글을 읽게 된다면, 그때가 비록 나 죽고 난 먼 훗날이 될지라도 단번에 의심 없이 믿기를 희망한다. 내가 살아생전 한번은 꼭 만나고 싶어한 단 한 사람이 바로 그 자신이라는 것을.

# 각시꽃 6

흔들리지
말자고

흔들리지
말자고

해마다
다시 서는
이 자리

눈물조차 말라가는
날이면

스치는
바람에라도

기대고
싶어.

# 각시꽃 7

- 해바라기

이
바보야.

밉다
밉다
밉다
밉다
밉다
밉다
밉다
밉다
참 밉다
밉다
밉다
밉다

밉다

밉다

밉다

밉다

밉다

밉다

밉다

밉다

밉다

밉다

미워 죽겠어.

# 각시꽃 8

- 프리지아

비 내리는 날에는
프리지아 한 다발을 싸안고
그대의 나라에서 기다리고 싶다.

흩날리는 비,
비속에 서서
그대 가슴 깡그리 물들어 버릴 것만 같은
노오란 꽃사랑을 바치고 싶다.

그리움이란
멀리 있는 것을 가까이에서 보는 기쁨임을

비 내리는 날에는
낯선 누구라도 만나
그대의 이야기를 들려주고 싶다.

# 각시꽃 9

- 흙이 도공에게


차라리 빚지나 말지
빚었으면 깨지나 말지


累萬 年
가만히 있던 남을
데려다
달구어 놓고


막판에
이래 무참히 조져도
되느냔 말이다.

# 각시꽃 10

- 산화(散花)

아무리
찾아보아도
이제는
내 속에 없는 꽃

훗날에
나의 유언도
다시는
인연 맺지 말자

네 이름
잎잎이 다 따 던지고
빈
대만 남아.

# 각시꽃 11

### – 우원(雨元)을 생각함(1)

시간마저 외면한

내 生의 綠窓

새벽비 눈우물에 고였다가

가슴에서 늪지던 날이


이젠 아니야.


깊은 속

멈춘 江의 멍든 물이랑을

불보라 마냥

가만히 녹여 안을


그분이 오셨어.


* 우원(雨元) : 이선희 작가의 아호

# 각시꽃 12

- 우원(雨元)을 생각함(2)


늘
뿌리지 못해
서성여 온 한뉘

간날에는
약속처럼
가슴 추서는
한 철을 받았건만

흐르는
저물볕 하 사외
매야히 잃고 말 것만 같은
내
비의 혼원.

# 각시꽃 13

### – 진달래

철 이르게 드리운 너의 눈빛만큼 이 봄이 길어
내 봄 둔 데 잊은 듯이 또 한 봄을 맞이했네.

드듬성 불타는 먼 산만 어찌 타오른다 하랴
한 몸 예제이 신열(身熱)하듯 타오르다 다 타올라

내일은 쓴 생의 가장 더운 한 걸음이 놓일까
숯굴 같은 길로만 남몰래 질주하는 향연이여!

다시는 맞이하지 말자 맹세코 내 정염의 봄을
사려 문 화둔(火遁)의 길을 찾아 헤매다 지쳐

횃불 든 도적처럼 꽃불 번지는 난세에 죽더라도
나는 옛적에 이미 네 속으로 산화한 붉은 넋이거니.

# 각시꽃 14

- 나화상(倮畵像)


누군가

나를 그려주었으면 좋겠다.

내 알몸을 그려주었으면 좋겠다.

그리는 김에

속맘도 깊이 그려주었으면 좋겠다.

야위어 볼품없는 알몸이야

가릴 데 좀 가려서 그려도 좋지만

속맘만은 있는 그대로 그려주었으면 좋겠다.

이다음에 나 죽어

아무 것도 아닌 것으로 사라지더라도

그림 한 장만은 오롯이 남아

내 맘 가린 것 없이 전해졌으면 좋겠다.

누군가에게.

# 각시꽃 15

- 유리컵 속의 분꽃

1.

세상사(世上事) 한마당에 그리 큰일도 아닌 일로 바빠서
물 주고 햇볕 쬐어주는 일을 소홀히 하여 그만
말라 죽어버린 꽃

철없던 시절 같았으면 무념(無念)히 뽑아 던지고 말았을
꽃 한 포기를 내다 버리지도 되살리지도 못하고
망연히 두고 보는 동안에

천수(天壽)를 누린들 풀꽃 한 떨기에도 미치지 못할 이
목숨
불혹과 지천명 사이를 몽환(夢幻)처럼 헤매면서 오히려
떠난 꽃 탓만 하였네.

2.

저 서천꽃밭 어딘가에는 환생화(還生花)라는 것이 피어
있어
꽃잎 한 장 코끝에 대기만 하면 수만 죽은 사람이 다
되깬다는 우리네 설화

천상(天上)이 그렇다면 이 녘 삼천리 골골샅샅 어디쯤에
도
내 죽은 꽃을 되살릴 약방문 한 장 있을라나 몰라
흩걸음 가는 대로 닿는 대로

들꽃 물꽃 메꽃에 해어화(解語花) 상사화(相思花) 상심화
(傷心花)
온갖 무명화(無名花)에게 파물어보았지만 끝내 약발 좋
은
금방(禁方) 한 줄을 얻지 못했네.

3.

끓어 넘칠 듯 흐르는 강을 이승의 끝에서 외돛대로 건
너고

반딧불이 한 마리 날지 않는 골짜기에 들어서야 비로소
돌이켜 보는 내 짧은 생애

물거품처럼 잠시잠깐 일었다 꺼지곤 하는 숱한 넋두리
중에서
내생(來生)에서도 잊지 말고 꼭 다시 만나리라 한 다짐만
천상으로 피 얼룩지는 겨를에

가셔요 그만 가셔요 귓등에 우련히 얹히는 머언 서천
목소리
짓눌린 잠 끝에 놀라 눈 뜨는 새벽에 마른 꽃 한 송이가
부르튼 입술 위에 떨어져 있었네.

# 각시꽃 16

– 춘설(春雪)

잠을 못 이룬 새벽
막걸리가 먹고 싶어
길을 나섰더니
눈이 내리고 있었습니다.
아무도 걷지 않은 여명의 눈길에
싹사악 뽀득뽀득
첫 발자국을 남기며
홀로 고개 숙여
걷는 기분이 참 좋았습니다.

발자국을 남기지 말걸
술을 받아 돌아오는 걸음에
새하얀 길을 내려다보면서
문득 후회가 일었습니다.
나보다 슬픈 심사에 젖어

밤을 지새웠을 누군가에게
저 첫 길을 양보하지 못한
미안함이 자꾸만 두 발부리에
걸렸습니다.

# 각시꽃 17

### −할미꽃

내 인생이 한 편의 시라면
오직 당신이 주제가 되겠네.

몇 번을 고쳐 짓고 되지어도
삼만 날 당신을 빼놓고는
단 한 구절도 이루지 못하네.

내 인생이 한 편의 시라면
오직 당신의 시어를 고르지 못하네.

천동맥(天童脈)에서 주름진 이맛골까지
모습도 향기도 빛깔도 없는
당신은 늘 온 듯 간 듯 머물렀네.

내 인생이 한 편의 시라면

오직 당신의 종결사를 적을 수 없네.

끝내 말줄임표 속으로 숨고 말아
붓 그림자도 못 따라올 내 그리움의 마침표를
당신만이 등 쓰다듬듯 이어 놓을 것 같네.

# 각시꽃 18

참 얄궂대이
그때 이후 세상에 없는 듯
까맣게 잊고 지낸 삼십육 년
인연은 어디를 헤매다 돌아와
오늘에야 먼 남녘 섬에서
낯설게 너를 마주하게 하는지

참 얄궂대이
묵은 세월의 흔적을 외면하고
옛 모습만 두 눈에 담고 싶은 이 맘
너 또한 내 맘과 같을지
몹시도 궁금하여
살아온 날들은 굳이 묻고 싶지도 않아

참 얄궂대이

이제는 서로의 사람이 될 수 있을까

네가 켜는 첼로의 음률이

설레지만 불안하기도 한 가슴에

마디마디 사려 앉아서

억견무한(臆見無限)한 도돌이표만 더해 놓아.




* 이화연(梨花淵) : 손민기 선생의 아호

# 각시꽃 19

이 밤새

먼 현궁(玄宮) 이름 없는 별이

하염없이 바라보느니,

수줍은 배꽃 하나가

몸 감출 줄 몰라 하다가

깊은 못에 떨어졌다네.

떨어진 꽃은

쪽배처럼 위태로이

못을 떠돌고,

어쩌나 하던 별은

가만히 내려와

못 속에 숨어들었다네.

# 각시꽃 20

## – 숙계현성(宿契現成)


이끌리네 이끌리네 몰라 몰라 이끌리네
내 맘 하루 열두 번씩 오락가락 갈팡질팡
그대의 사랑 타령에 속절없이 이끌려

힘들게 하지 말아요 아프게 하지 말아요
혼자 산 세월 폭풍에도 흔들리지 않았는데
그대는 어떤 바람으로 찾아들고 있나요?

전생의 약속이라면 거부하지 않겠지만
기억이 없어요 아무 기억도 없어요
그대가 동동 아무리 영원하자 하여도


* 숙계현성(宿契現成) :
전생에 서로 맺은 약속이 현생의 지금 이 시점에 와서 이루어지다.

# 각시꽃 21

1.

갑오년 삼월 보름날,
각시 삼을 여인에게
하늘에 떠 있는 달을 따
목에 걸어 주었다.

그리고는 말했다.
이제 사람들이 바라보는
하늘의 저 달은
가짜 달이라고

2.

갑오년 삼월 보름날,
평생 맡길 남자에게
몇 가지 안주를 장만하여

술을 따라 주었다.

그리고는 말했다.
참 유치한 수법이지만
내가 바라던 게
바로 이런 거라고

# 각시꽃 22

이젠 힘들지 않아
저따위 꽃샘바람이
온몸을 낱낱이 뜯을 듯이 불어닥쳐도
뒤곧 따뜻이 어루만져 주실 그분이
벌써 팔백 리 길을 나서셨는걸

이젠 아프지 않아
저따위 미세먼지가
온몸에 점점이 박힐 듯이 날아들어도
뒤곧 가리어 쓰다듬어 주실 그분이
지금 삼백 리 길을 오고 계시는걸

이젠 외롭지 않아
저따위 보름 달빛이
온몸을 새하얗게 태울 듯이 퍼부어대어도

뒤곤 사랑손 휘감아 주실 그분이
하마 백리 길 밖에 이르고 계시는걸

이젠 서럽지 않아
저따위 곡우(穀雨) 삼경우(三更雨)가
온몸을 탐하듯이 적셔대어도
뒤곤 말갛게 문질러 씻어 주실 그분이
고작 십리 길만 남기고 계시는걸

이젠 애태우지 않아
저따위 아침노을이
맨가슴 핏물을 뽑아내듯 붉은 멍을 들여도
뒤곤 길 잃고 헤매다 오신 그분이
이 몸내 맡으시며 꼭 안아 주실걸.

# 각시꽃 23

- 배꽃앓이(2)


영춘아!

저기 저,

빠끔한 저 처자 맘 열어라!

배나무 배꽃가지

배꽃 밑을 지나가는

저 처자 맘을 얼른 활짝 열어라!

내일이면 흰 꽃 진다.

꽃 지면

하 굼뜬 네 걸음

기다려 주지 않아

영춘아!

명년 삼월 전에

구물거리다간

네 복장만 터진다.

어서,

어서 빨리 저 처자 맘 열어라!

# 각시꽃 24
### — 생각하고 있었지요

이 봄밤 삼경에
멀리 계신 누가 오신 게 틀림없다.
창롱 밖에서 속삭이는 소리
가만히 귀 기울여 듣다가
문득 베개를 쓰다듬으며 웃었네.

전화를 해 볼까
주무시고 계실거야
곤히 드신 잠 깨우고 싶지 않아
전화기를 만지작만지작
참는 정 긴 밤을 꼬박 새겠네.

한 차례 진동음이 울린다.
문자 메시지가 들어온 소리
하도 설레어 바로 읽어보지 못하고

꼬옥 가슴에 대고 있다가 열어본다.

-비 오나요? 뭘 하고 있어요?-

# 각시꽃 25

전에는
봄나비 제 맘대로 날아 앉아도
어디에도 기댈 수 없던
그런 날도 있었지

전에는
참매미 하루 종일 울어대어도
내내 한 입도 벙긋 못한
그런 날도 있었지

전에는
낙엽조차 제 갈 길로 굴러가도
마냥 우두커니 서 있던
그런 날도 있었지

전에는
함박눈이 펑펑펑 내려 쌓여도
한 추억도 가질 수 없던
그런 날도 있었지

전에는
사철 풍경 바뀌어 돌아와도
아무 것도 변할 수 없던
그런 날도 있었지.

# 각시꽃 26

### - 쑥갓꽃

　주인님, 세상을 모르고 있던 씨앗 때의 저를 선택하셔서 앞뜰 밭에 심으신 뜻은 곱게 키워서 잃은 입맛을 되살리려 하신 거잖아요. 처음엔 아침마다 김을 매어주시고 저녁이면 마르지 않게 맑은 물도 듬뿍 주셨지요. 저는 얼마 지나지 않아 여린 떡잎을 주인님께 내었어요. 그리곤 하루가 다르게 싱그럽게 커 올라갔어요. 주인님은 그런 저를 보시며 날마다 흐뭇해하셨지요. 저는 제 스스로 가장 향긋해질 때 주인님의 입맛을 손맛을 기쁘게 해 드릴 각오를 하였어요. 뿌리째 온몸을 내어드릴 마음도 가졌답니다.

　그런데 한 이레가 지나고 두 이레가 지날 무렵부터 웬일인지 주인님은 저를 외면하기 시작하셨어요. 김매기도 물주기도 잊고 그저 들마루에 나와 앉아 약주를 자시며 물끄러미 저를 쳐다보시기만 하는 날이 이어졌지요. 보살펴 주시지 않는 동안 저는 점점 대궁이 굵어져 갔고 급기야

거친 풀로 변모하고 말았어요 주인님이 더 이상 거들떠보지 않는 풀포기 꼴로는 도저히 살아갈 힘이 없었어요

마지막으로 꽃을 피워야겠다는 생각을 하게 되었지요 그래서 있는 힘을 다하여 꽃을 피웠어요 비록 화려한 자태와 짙은 향기를 풍기는 꽃은 아니지만, 은은한 수줍음을 품은 연노랑빛 꽃을 말이에요 그런데도 주인님은 한차례 향기를 맡아 주시지도 쓰다듬어 주시지도 않으셨어요 저는 그 이유가 몹시 궁금했어요 취향이 변하신 걸까? 아니면 처음부터 나를 무심코 선택하신 걸까? 야속하고 혼란스럽기만 했어요

어느 날, 주인님이 들마루에 나와 앉아 술잔을 기울이며 어떤 여인과 통화하시는 소리를 들었어요 그제야 알았어요 주인님이 저를 외면하신 이유를. 앞서 정한 날짜에 그분이 오기로 하였는데 오지 않자 그 다음날부터 저를 홀대해 오셨다는 것을. 또 그때 비로소 깨닫게 되었어요 저는 온몸을 바쳐서 오직 주인님만 기쁘게 해 드릴 마음이었는데 정작 주인님의 입맛을 되살릴 여인은 따로 있었다는 것을. 저는 고작 주인님과 그 여인 사이의 말 안주거리에 불과하다는 것을. 하찮은 풀에 불과한 저이지만 쓴웃음이 나

는 건 어찌할 수 없네요. 인간세계에서는 이런 걸 두고 삼각관계라고 한다던가요. 저도 그런 경우인가요.

주인님, 이제 더 이상 저 장맛비를 견디기 힘들어요. 애써 피운 꽃도 시들어 가고 나무처럼 버티고 있던 허리마저 꺾여 쓰러져 가고 있어요. 일으켜 세워 달라는 말씀은 드리지 않겠어요. 이게 제 운명이라면 말이에요. 다만, 주인님의 손길을 한 번도 받지 못하고 아무렇게나 핀 여느 잡초들과 같은 취급을 받고 있는 것만큼은 도저히 용납이 되지 않아요. 딱 한 번만 제 부탁을 들어주세요. 저를 송두리째 뽑아서 그 누구의 눈길도 닿지 않는 곳에 버려 주세요.

주인님이 날마다 간절히 기다리시는 전화 속 그 여인이 꽃무늬 여름옷을 입고 싱그러운 웃음을 띠며 대문을 들어서기 전에 저 따위는 이즈음에서 그만 뽑아내어 주세요. 더 이상 무참한 꼴이 되기란 죽기보다 싫어요. 제발.

# 각시꽃 27

- 3박4일


저물볕 스러지고
가만사뿐

뫼 가람에 내리는
달빛주의보

무단히
흩걸음 놓아

나도 몰래 이르는
그대 품.

# 각시꽃 28

### − 싸리꽃

싸리꽃
하얗게

제
빛깔로
져 내리는 길을

百 里만
걷고 싶다.

3부 또 다른 과객이 되어

# 우전(雨前)

유세차
무시무종의 광음 속에서
간질하듯 꿈틀이는 생령들의 이마 위로
오늘
동남풍이 한줄기 부는구나.
이제야 때가 되었는가.
시세마저도 환태하려는 듯
하늘이 자꾸만 무거워지고 있느니.

옛적,
천상에서 아홉 갈래로 뻗어 나온 사람들이 위로는 한
하늘씩 이고 살아 구천을 이루었고, 아래로는 천하를 평분
하여 구궁을 짓고 살았거니. 잡은 손 손금과 손금이 맞닿
아 한 명리에 들고 뛰는 맥 핏줄과 핏줄이 이어져 한겨레
로 어울렸더라. 신명을 노래하고 춤추는 자리에서 일월성
신은 천상에서보다 오히려 지상으로 와서 더욱 빛난 수도

가 되었구나. 아, 가없는 강토에서 바람처럼 물처럼 노니
시던 눈부신 구이의 선인들이시여!

누천년
세월의 풍상 속에서도
살에서 살로 피에서 피로 이어온
빛살 같은 얼은 부서지지 않았고
찰진 넋은 풀어지지 않았거니.
사해대괴 곳곳에서 웅크리고 견뎌 온
구이의 후예는 달려 나오라.
눈을 뜨고 귀를 열고
모두 달려 나와
덩실덩실 한데 더불고 어울려 맞이하라.
두우 아래 벌어지는 대두리 살판 위로
곧 천고성이 한바탕 쏟아져 내릴지니
선열이 점지하신 만세 길일에
나랏 물사가 제금제금 지녀온
명을 받들 때가 되었구나.
우리의 신명을 울릴 때가 되었구나.
두드려라, 하늘아!
허이!

두둥둥, 둥둥!

# 석남꽃

사십 대 나이에 우연히
천 년 전 그 얘기를 알고
나는 무릎을 탁 쳤지.
그래 사랑은 여드렛날을 넘지 않는다고
이유가 어디 있어
십년이든 삼십 년이든
살 맞대고 입 섞고
함께 살아봐야 알지,
왜 꼭 여드렛날인지를.
생각해 보니
그 낱낱
언제나 먼저 하얗게 까무러친 건
내가 아니라
내 머리에서 절로 벗겨진
석남꽃 두름이었던 것 같아.
지금도 이렇듯

그 꽃 두름을 머리에 인 채

더도 말고 덜도 말고

사월 여드레 밤만 사랑하고파

부르짖고 다니는

내 꼴을 보면.

# 돌 하나 주워

추운 날 저물녘
개 짖는 소리에 무단히
땅 눌러 대문간을 쓸다가
돌 하나가 거치적거려서
개집 옆에 던져 놓았지.
개밥을 주고 돌아서는 눈길에
어딘지 모양이 아까운 생각이 들어
주워서 들고 들어왔지.

더운물 부어 비누칠하고
철수세미로 문질러
흙때 연탄때 기름때 벗기고는
한숨 푹 자고 일어나라며
대야에 세제를 풀어 담가두었지.
희디희게 인
거품 속에 잠겨서 보이진 않지만

제 스스로 스스 때 벗는 소리가 나
가만히 문을 닫고 나서면서
아마도 열두 시간은 지나야 될까 했지.

내일 아침
깨끗이 헹궈서
햇볕에 내다 바짝 말리고
실한 받침대 만들어서
묵은 글방 책장에 모셔 놓으면
둥글넓적한 그 돌은
아마도 신수 훤한
보름달처럼 보이겠지.

창문을 열어두고
개목걸이 쩔렁거리는 소리를 들으며
첫 잔을 비워 놓으니
한 생각이란
참,

돌도 씻어 놓으면
달이 되는데 말이야.

# 조합된 말들

1.

화연이 입에서 야, 니 영혼은 내꺼야 할 때가 어제 같네. 나무님 글 쓰실 때 옆에 앉아서 가만히 지켜보고 싶어요 기왕이면 낭군님이라고 하지, 나도 그렇게 해주고 싶어. 옷 사러 갔는데 앞으로 가난한 글쟁이와 살려면 내가 이렇게 헤프게 쓰면 안 되는데 하는 생각이 갑자기 떠올라서 속으로 웃었어요. 스트레스 받을라, 사고 싶은 거 다 사.

2.

열 번째 만날 때 떠나는 사흘간의 첫 여행이 우리의 신혼여행이야, 알겠지? 또, 또……. 아뇨, 그냥 여행이에요 방도 따로 쓸 거예요. 싫어, 그렇게 안 할 거야. 첼로소녀와 문학소년이 삼십칠 년 만에 다시 만나서 여행을 가는데 무슨 수식어가 필요하겠어? 그건 나무님 생각이죠 저는 아직 하루에 열두 번도 더 생각이 바뀌어요

3.

　나무님은 저에게 단 하나의 님, 하나님이 좋아요. 고마
워, 각시야. 내 영혼은 니꺼야.

# 통영 E.S 리조트

봄날에 마음 멀고 가까운 것이야 마중하고 배웅한 남의 일처럼. 하늘 한 번 보고 땅 한 번 보고 바다 한 번 보고 그래 사는 게 그렇지 하면 될 일. 길이 반듯해야 사람이 바로 가지. 사람이 바로 걸어야 길이 반듯하게 나지. 눈 흐린 사람이 비틀비틀 찾아 갈 땅은 아닌 곳. 해 지고 해 간 길로 온달이 뜨고

이곳에 서면 누구나 솟대가 될 것. 아련히 솟는 막막한 이야기들. 어울릴 듯 어울리지 않는 희한한 두 마리. 숨이 턱 막히는 때에 아래엔 파도가 치고 고깃배가 오가고 위엔 새가 날고 구름이 따라가고 분주하던 끝에 상이 차려지고 술 치고 꼭 몽유를 거쳐 무릉리 도원리 입구에 선 솟대처럼 앉은 채로 서서.

저 종으로 횡으로 흥건히 흐르는 울붉은 노을. 무엇으로 찍는다 한들 두 눈에 비하랴. 누구도 들어가서는 아니 될

것만 같은 노을 속. 무단 침입하여 몰래 낙서를 하고 이전 세상에 없었던 말을, 지금 세상에 없는 말을, 다음 세상에도 영원히 없을 말을 떠올려 적어보고 어찌 저 노을이 더 붉어지지 않으랴.

희느릇한 보름달. 어룽더룽 맛 볼 일. 그래 그런 게 사는 거야. 무슨 사연 자처럼 재고 줄처럼 당길 일이 많은지. 그리움 적은 사람이 머물 곳은 못 되고 하긴, 외로움 적은 사람도 묵을 곳이 되랴만. 예서는 귀 설은 말이라도 다 어울려. 굳이 간 큰 목소리로 일컬어 사랑이라 하지 않아도

달빛이 흘러내리는 흰 휘장을 치고 너와 나 단 한 평으로 누워 세상 오만 평 가진 듯한 기분. 노을 속 낙서는 어디까지 흘러갔을까. 알고 싶다면 더 늦기 전에 물어물어 하루 해 따라 다시 찾아가도 좋은 곳. 다만, 이십사 시 잠자는 시간은 묻지 말고 전생의 달력을 어림짐작으로 셈하기 전에는.

# 기다림

연락이 아니 오면 일장춘몽의 끝이요,
온다면 틀림없이 백년가약의 징조로다.

소쩍새는 어디 가서 잠만 자고 있느냐!
이 한 술 밤에 나와 같이 마시지 않고

# 열애

목숨을
걸자.

오늘 붙어 있었다고
내일까지 온전하리라는
보장은 없다.

생의 몇 날은
그렇게도 가벼운 것

잠시잠깐
하염없이 북받치는 날이
느닷없이 닥칠지니

그것은 바로
이유 없는 날의

마침표

# 잠도 안 오고

손 모아 빌고 빌었지 맘속말로 입속말로
민낯 고운 각시 하나 점지해 달라고
기도는 헛되지 않았어 참한 너를 만난 날

하늘색 맑았지만 바람 기운 차가웠어
용감하게 손을 잡을까 망설였던 그 벤치
준비가 안 되었을 거야 끝내 못 내밀었지

연락이 또 오겠어 기대조차 못한 이튿날
인내하기엔 몹시도 궁금했던 묻고픈 말들
이마트 정문 앞에서 밤 열 시에 재회했지

되먹지 못한 수작을 부려 발목부터 만졌던가
던지고 만 내 인생을 다시 주워 닦아서
날밤을 같이 새우고팠던 양력 삼월삼짇날.

# 자클린의 눈물

당신을 사랑하오.
지금 당신을 사랑하오
나의 사랑이
저 사람들의 잡담거리에 불과할지라도
나의 사랑이
당신의 사소한 잡념들 중 하나일지라도
나는 진실로 당신을 사랑하오.
잘 살아온 인생은 아니지만
깨어지고 흠간 데도 있지만
자랑스레 내세울 게 아무 것도 없지만
거래하듯이 사랑을 해야 할 나이이긴 하지만
앞으로도 돈이나 평판을 못 얻을지 모르지만
지금 이렇게 염치없이
당신을 사랑하오.
남들이 다 안 어울린다는
당신을 사랑하오.

님 안 하겠다는 당신

님 하자는 나

님 아니 해도 좋소

내가 당신의 무수한 잡념들 중 하나일지라도

언제까지나 사라지지 않는 단 하나의 잡념이라면 좋겠
소

폐 끼쳐서 미안하오.

당신을 사랑하오

지금 당신을 사랑하오

# 종이비행기

누가 날렸나 종이비행기
감나무 가지 사이에 걸려 있는
빨간 종이비행기

아무리 쳐다보아도
꼼짝도 하지 않는 종이비행기
새들은 마음껏 날고 있는데
혼자선 날 수 없는 종이비행기

바람아 불어서
저 종이비행기를 좀 날려주렴
떨어뜨리면 안 돼

날아라 날아라
구름 위로 날아라
노을 속으로 날아라

네가 멀리멀리 날 때까지

매일매일 기도해 줄게

그때까지 비에도 젖지 마


빨간 종이비행기야.

# 너의 끝에서

말 많은 쪽은 되지 않겠어. 왜 가느냐고 묻지 않겠어. 이런 날, 금전적인 손익계산도 하지 않겠어. 그동안 행복했었다느니, 고마웠었다느니 하는 상투적인 말도 하지 않겠어. 가끔씩은 보고 싶을 거라느니, 때로는 생각날 거라느니 하는 입 발린 소리도 하지 않겠어.

굳이 한마디 할 말이 없느냐고 묻는다면 너보다 못나서 미안했었다고 고개 숙여 말해주고 싶을 뿐. 옛 시간들은 간직할 것도 버릴 것도 없어. 그저 산 날들의 일부일 테니까. 안녕, 잘 가. 뒤돌아보지 말고 가. 이후로는 그 자리에 두 번 다시 내가 없을 테니까.

앞으로 어떻게 살 거냐고? 혹시나 예전의 너처럼 누더기가 된 가슴을 또 만난다면, 두렵지만 다시 한 번 마음의 반짇고리를 풀고 인연의 비단을 짤 거야. 시간이 지나 그 인연도 또 아니라면 어떡할 거냐고? 그때도 지금처럼 슬프고 괴롭겠지만, 그 또한 죽지 않고 산 날들의 한 편 아니겠어?

# 별뫼에 서서

저
푸르스름한 성좌
오리온성운의
트라페지움

그대와 나
가슴골 열리는
가없는
밤하늘 아래.

# 시한부 편지

병명이야 너도 들어서 알고 있는 일이라 구태여 얘기하고 싶지 않아. 그날, 의사가 침통한 표정으로 나의 여생이 석 달 정도, 길면 육 개월이라고 했을 때 나는 비로소 남의 얘기가 아니고 바로 내 일인 것을 깨닫고 얼굴이 화끈 가슴이 두근거렸어. 병원을 나와 벤치에 앉아서 멍해진 머릿속을 가다듬으려고 애썼어.

살아오면서 내가 만났던 세상 모든 사람들 중에서 다른 누구도 아닌 너가, 또 너와 보낸 옛 한때가 가장 많이 생각났어. 예기치 않게 우리 사이에 아들이 생길 뻔도 했었지. 이름을 짓는답시고 합궁시를 헤아리고 탄생시를 손꼽아보기도 했었지. 이제 와 돌이켜 보니, 짧은 시간 참 염려되고도 행복한 날들이었어.

물어보고 싶어. 너의 하루엔 내가 얼마나 있는지. 눈물도 나지 않는, 절망스러워도 마냥 절망만 하고 있을 수만은 없는 시간들 속에 너를 놓아두고 나도 모르게 자꾸만 바보처럼 똑같은 물음을 물어봐. 너의 하루엔 내가 얼마나 있는지, 너는 지금 어디에 있는지.

이젠 매일매일 만난다고 해도 너를 볼 수 있는 시간이 그리 많지 않아. 지금까지 못다 해준 것들을 서둘러 해주고 싶은 마음, 내일 해줄 것까지 오늘 다 해주고 싶은 마음. 애타는 마음은 시간을 앞질러 가지만, 고작 나의 남은 몇 날에 너의 금쪽같은 시간을 붙들어 두고 무의미한 슬픔의 기억을 안기고 싶지는 않아.

사라지듯이 나 혼자 떠날 수만 있다면, 터가 조금 넉넉한 시골집을 사고 싶어. 하루하루 내 손으로 고치고 마당에는 꽃나무를 심고 싶어. 진달래 작약 백매 홍매에 앵두 살구 석류 호두나무를 옮겨 심고 배나무 잣나무 소나무 주목도 잊지 말아야 해. 아직까지 구하지 못한 계수나무 한 나무는 물론이고 내가 가장 아끼는 느티나무 묘목은 아주 넓게 자리를 잡아주고 그 옆에는 정자 한 채를 짓고 싶어. 맨 마지막에는 전부터 염두에 둔 택호를 정하고, 친구에게서 미리 받아놓은 정자의 현판을 내걸어야겠지.

곰곰이 생각해 봤어. 그런데 아무리 생각해도 주어진 날들을 함께 보내고 싶은 사람은 너뿐이야. 만나고픈 사람이 없어서가 아니라, 만나면 가장 행복해질 것 같은 사람이 너이기 때문이야. 만나면 가장 편안할 것 같은 사람이 너이기 때문이야. 만나는 시간이 가장 후회가 되지 않을 것 같은 사람이 너이기 때문이야.

또 생각해 봤어. 세상 누구 품에 안겨서 죽으면 가장 덜할까. 정말이지 너 말고는 아무도 안 되겠어. 그 자리, 아무도 그 어느 누구도 너를 대신할 수 없겠어. 너의 품에서 너의 손을 잡은 채 죽을 수 있다면, 더 바랄 것 없는 내 최고의 임종이 될 거야. 신이 내게 마지막 소원을 한 가지 묻는다면, 조금 더 살게 해달라고 하지 않고 너의 품속에서 행복하게 죽을 수 있도록 해달라고 간절히 빌겠어.

날씨가 참 좋아 눈이 부신 날, 나는 오늘도 여러 화분에 심어둔 묘목들을 돌보며 하루를 하루답게 살았어. 혹시라도 너에게서 연락이 올까 시간이 날 때마다 오래된 휴대전화만 버릇처럼 열었다 닫았다 했어. 온종일 머릿속을 맴도는 물음을 떨치지 못한 채. 너의 하루엔 내가 얼마나 있는지. 너는 지금 어디에 있는지.

# 불출(弗出) 선생에게

첩첩 산
길도
제 길로 가지 못하고
그리운 날마다
신발만
제 풀에 다 닳아버리는 심사

묵은 정분 같은
비라도 오면,
행여 十里 百里 길에
눈발이라도 날리면

때에
한마당 술참 때를 조이 받아
노래가 다하면
춤이라도 출 일을,

춤이 다하면
꿈이라도 꿀 일을

三三五五 저자거리를 떠돌다
문득 물옥잠 같이
푸르고 수줍은
여인이라도 만나게 되면

떨기 꽃내음을 맡아보듯
나는 취하여
취중에라도 一人에게 기별하겠네.

가을,
마실수록
또렷이 깨는
맑은 가을 술이여!

* 불출(弗出) : 정상전 선생의 아호

# 사남사곡(思南史曲)

빈한한 몸 홀로 옛 풍류를 더듬는다.
선비가 속되면 고칠 길이 없다 했지
울 밑 밭에 쑥갓꽃과 상춧잎이 우거져도
홀살이 입이 짧아 일없이 뽑지 않고
놓은 들마루 앞자리가 스무 날 비었어도
굳이 먼 데 있는 벗을 청하지 않네.
여름하늘은 소낙비를 보내오려 하고
우인은 남녘을 향해 한 되 술을 차리네.
남쪽 바닷가 물빛처럼 푸른 사람이여,
줄풍류 갖풍류 불풍류에 먹도 갈고
칼춤 추고 말달리고 큰 활도 쏘아 보세.
술잔 속 한 세상이 아무려면 어떠한가.
그대의 고향은 본디 아득한 수운향
구름안개 피어나고 해달별이 뜨는 곳
십장생도 한가롭게 천명을 다하는데
부귀와 명리와 지록의 목소리 있으랴.

꿈같은 세상을 살면 꿈이 이루어지듯
꿈속에서 살면 그 또한 한 생시 된다네.
선녀를 부를까나 천녀를 앉힐까나
입 쫑알 눈 흘김은 만고의 버릇이라
천의무봉에 화용월태를 우인이 꾸며
이화주를 따르고 백학무를 출까나.
삼학주를 따르고 청학무를 출까나.
놀다가 더워지면 저 천수에 세욕하세.
소년은 유문장하나 무서법이란 말
남의 입에 고개 떨굴 일은 없지 않은가.
도취운필은 강 무지개 물붓 가는 길이요
취자신문은 산 무지개 신떨음인 걸
일장부 몸을 얻어 한바탕 사는 터에
시름 잊고 근심 놓고 한 풍류만 하고 가세.
일찍이 기과객이 한 세상 이르기를,
태초에 빛이 아니라 멋이 있다지 않았나.

# 친구

1.

너의 눈엔 언제나 막연한 바다가 있었지. 너는 태종대 바다와 광안리 바다 사이, 그 무한을 무작정 왕래하는 한 마리 갈매기였어. 흰 갈매기. 그럴 때면 바다는 부러워 너의 몸 빛깔을 닮고자 했지. 저희끼리 서로 하얗게 새하얗게 부서지며.

너의 눈엔 언제나 그리운 눈빛이 있었지. 사람이 사람으로 생각하고 움직이며 웃는 곳, 그런 곳에 대한 목마름. 법전을 덮고 빈 표지만으로 살아도 되는 세상을 꿈꾸었지. 부산역, 그 종착을 지나도 하나쯤 남아 있을 법한, 햇살 비치는 간이역 같은 눈빛으로.

너의 눈엔 언제나 외로운 사람이 있었지. 다대포 몰운대 구름 같은 옷을 입고 오직 그 한 사람을 찾아 나섰지. 낙산사 의상대에서 한 마리 백학이 되어 춤을 출 때 나는 보

있어. 아무런 추임새도 없이 너의 춤에 장단을 맞추던 또 다른 그림자를.


2.

미안하고 고마웠어.

이젠 내가 그만 갈까해.

무작정 거기서 기다리지는 마.


처음 하는 이별이 서툴러

가차 없는 인사로

친구야, 안녕.

# 무작정(無作亭)과 무작정(無昨亭)

내 작은 마음속에 누추한 정자를 한 채 지었는데, 아무
것도 하지 않는다는 뜻으로 '무작정(無作亭)'이라 한다고
하였다. 이에 불출(弗出) 선생이 화답하기를, 나도 한 채 짓
는다면 어제가 없다는 '무작정(無昨亭)'으로 하고 싶다는
것이었다.

그 말을 듣고 속으로 가벼운 즐거움이 일었다. 어제가
없다는 말은 그만큼 깨끗하고 맑은 삶을 살아왔다는 뜻이
되지 않는가 말이다. 과연 내가 오랫동안 정호(情好)해 온
불출 선생다운 표현이라는 생각이 들었다.

그렇다면, '무작정(無作亭)'과 '무작정(無昨亭)' 현액 두 장
을 정자의 앞뒤로 내어걸자고 제안하였다. 그런 뒤에 그곳
에 들어 일 없는 무작(無作)하고, 어제가 없는 무작(無昨)하
며, 박주(薄酒)든 명주(名酒) 미주(美酒)든 가리지 않고 대작
에 힘쓰는 무작(務酌)을 하자고 하였다. 또 세월을 잊은 채
무작정(無酌定) 글을 짓고, 글씨를 쓰자고도 하였다.

기뻐하던 불출 선생이 갑자기 침울해하며 우리 형편에

어느 때나 되어야 실제로 그런 정자 한 채 짓겠느냐고 낮은 목소리를 내었다. 내가 그 또한 무작정이라고 했더니 그제야 빙긋 억지웃음을 짓는 것이었다.

시작이 반이라고 하였으니, 일단 정자의 모양을 대강 그려 보라고 하였다. 현액의 글씨는 두 장 다 불출 선생이 쓰기로 하고, 나는 발문을 짓기로 하였다.

이리하여 우리 두 사람은 무단히 오늘, 갑오년 삼월 열아흐레 날부터 무작정파로서 무작정 정자 한 채를 짓는 것을 목표로 삼고, 그 목표를 달성하는 날까지 무작정 살기로 합의하였다.

"불출 선생, 어떠신가? 어제는 비가 와서 한잔하였지만, 오늘은 무작정 한잔하심이? 가가(呵呵)!"

# 철

다른 이들이
한 살 먹을 적에
그 반만이라도
먹었어야 했나?

# 혼자 밤에 술을 마시며

맨 처음 첫잔에는 부끄러움을 따른다
하루하루 시시각각
실수투성이로 살아온 나 자신에게

그 다음 둘째 잔에는 미안함을 따른다
때때이 바르게 처신할 줄 몰라
잘못 대한 사람들에게

그 다음 셋째 잔에는 고마움을 따른다
은덕을 갚아야 하는데
갚지 못하고 있는 사람들에게

그 다음 넷째 잔에는 그리움을 따른다
서툴고 어리석어서 한스러이
떠나보낸 사람들에게

그 다음 다섯째 잔에는 설렘을 따른다
멀리서 오고 있을지도 모를
그 누군가에게

그 다음 여섯째 잔에는 망각을 따른다
내일이면 지금까지 적은 것을
하나도 기억 못할 나에게.

# 저승잠

무작정 그립기만 한 날들이었지,
술 동냥 十年은.

취하는 날에는
그리운 건 무엇이든 보였다.

맨 정신으로
한 번도 사람다워 보지 못한 죄로

눈언저리 찢기고
멍든 채로 돌아온 날

하늘보기 부끄러워
죽은 듯이 잠만 퍼질러 잤다.

# 목말

　그때의 일이었어. 언제부턴가 걷는 발이 내 두 발이 아
닌 것 같아 무심코 땅을 내려다보았어. 아찔했어. 나는 누
군가의 목말을 타고 있었어. 목말을 태워준 사람이 누구인
지 기억이 나지 않았어. 얼굴을 보려고 해도 볼 수 없었어.
그의 걸음걸이에 따라 내 몸도 줄곧 따라 흔들렸어. 떨어
질까 봐 너무 무서웠어. 나도 모르게 그의 이마를 세게 눌
러 안았어. 그래도 무서움은 점점 커져만 갔어. 더 세게 안
았어. 나를 안심시키기라도 하는 듯 두 팔로 내 오금을 죄
었어. 그리고는 내가 떨어지기라도 할까봐 두 손으로 내
무릎까지 덮어 줬어. 어디론가 낯선 길로 가고 있었어.
웃으면서 가고 있었어. 언제쯤 나를 목말에서 내려줄지 물
어봐도 그는 대답을 하지 않았어. 처음에 내가 태워달라고
떼를 썼는지 그가 먼저 태워주겠다고 꾀었는지 알 수 없었
어. 왜 탔을까 후회가 되었어. 땅바닥이 그렇게 그리울 수
가 없었어. 발을 땅에 흙에 디디고 친구들과 여기저기 내
키는 대로 쏘다니며 놀던 때가 자꾸 떠올랐어. 심장에 불

이 나고 숨이 멎을 것만 같았어. 내리면 다시는 타지 말아야지. 하지만 내려달라는 소리가 입 밖으로 나오지 않았어. 오르막길에서보다 내리막길이 더 무서웠어. 눈을 감았어. 그랬더니 더 무서웠어. 눈을 떴어. 실눈을 떴어. 어지럽게 지나가는 주위를 살펴보았어. 집에서 너무 멀리 와 있는 것만 같았어. 이젠 내려주어도 나 혼자서는 집을 찾아 돌아갈 수 없을 것만 같았어. 아, 어떻게 해야 하나, 눈물이 핑 돌았어. 나도 모르게 울먹였어. 나를 달래려고 그는 신바람 콧노래를 불렀어. 발장단을 굴리며 어깨춤을 추었어. 나는 그만 으앙 하고 울어버리고 말았어. 문득 정신을 차리고 보니 내 손은 그의 이마가 아니라 목을 조르고 있었어. 비로소 그는 나를 내려다 주었어. 그리곤 혈색 없는 얼굴로 히죽 웃었어. 정신을 차리고 보니 그는 온데간데없었어. 이상하다는 생각이 들었어. 그가 어디론가 사라져 버렸구나 하는 생각에 비로소 안도를 했어. 바로 그때 가로수 한 그루 뒤에서 나지막이 묻는 소리가 들렸어. 재밌었지? 또 태워줄까?

# 야시(夜詩)


그리운 얼굴 하나씩
잔술에 띄워 마시고
어둠의 바다에 누워
흘러간 노래를 흥얼거린다.
세상과 주고받는 안부는
잊은 지 이미 오래

그대여!
내일 아침엔
무거운 눈을 뜬 그대가
간밤 꿈에서 나를 보았노라고
삶의 피멍보다 진한
단차 한 잔 끓여 주시라.

# 저승 갈 땐


저승 갈 땐 한 줌 생쌀을 입에 물 것을
살아생전에 자꾸 맛난 찬에 입맛 버리지 마라.


저승 갈 땐 반 필 베옷을 몸에 두를 것을
살아생전에 자꾸 좋은 옷에 눈 돌리지 마라.


저승 갈 땐 몇 자 나무 관에 누울 것을
살아생전에 자꾸 에너른 집을 탐하지 마라.


저승 갈 땐 뒤도 못 돌아보고 혼자 갈 것을
살아생전에 자꾸 남 두고 죽자사자하지 마라.

# 그런 때

한세상
나도 그리워

몇 사발 술을 마시고
돌아오는 날에는
불현듯
창백한 손바닥을 들여다보았다.

못갖춤마디로 시작된
실금들의
우울을 들으며

이 하늘과 산과 바다 ——

아무래도 좋으니
굵게 석 줄,

그만큼만 살았으면 했다.

# 졸국(拙局)


받느냐 마느냐
듣는 귀 하나 도려내어 주고
만패불청 빵때림 하나로 서른 집을 가지듯
要石 같은 저 돌을 얼른 때려내어
세상을 오직 그대 하나로 가질 수만 있다면
이 生의 한 판 반집 차로 끝난다 해도
두고두고 名局으로 삼겠네.


애초에 不戰勝 한 판 얻어
어차피 급도 겁도 없는 목숨
막판에는 덤으로 받아놓은 칠성님의 수명을 믿고
숨겨둔 그대의 三三으로 둥둥 북치고 들어가
꼭 두 눈만 부릅뜨고 살고 싶어


설마 죽기야 하랴마는
그래 빅으로라도 살기야 살겠지만

生不如死 그 한마디가
눈썹 위 천근발로 내려앉아
염통에 터럭서듯 하는 초읽기 속에서도
꽃 같은 花點 그 치마 밑은
차마 침노하지 못하겠네.

고개 돌려
끝내 던지고 만 내 生의 쓸쓸한 한 판
여기저기 놓인 心思의 파편들은
장렬한 死石으로도 떠나지 못하는데
不計가 선언되고 나서야
이판사판 그 한 수로
이승의 머언 축머리를 입맛 다시며 노려봄에.

# 무제

흐리고 우울한 날
모닥불을 지피네.

머잖아 나의 얼넋도
연기되어 사라지고

야위고 병든 육신은
한 줌 흰 재로 남겠지.

그때에 그 누가 있어
무심코나마 물어올까,

기약도 가뭇도 없이
떠나는 나의 지소를.

# 幽俗의 경계에서

維歲次 사자는 뭘 하는가, 때맞춰 데려가지 않고 어느 먼 음덕이 있어 오늘도 내 生의 하루를 잇게 하는가. 가야지 하면서 갈 수 없는 길은 누군가 살려둔 까닭이 있어서 이리라 믿고픈 마음 부질없어 이제 잠들어 가리니 어서 오시라. 招魂 아니 하시더라도 나 初魂으로 돌아가리니 이승에서 저승으로 가는 길 일러 주지 않는 이 밤이 또 형형하여라. 오늘도 꿈 없이 잠드노니, 내일은 부디 갈 길을 미리 보여 주시고 그 아니라면 단 하루도 아낌없이 냉큼 거두시라, 尚饗.

# 내 인생

담배 약간
술 약간
글 약간

안경 하나
사람 하나
꿈 하나.

# 화형(火刑)

### – 오상길 형 이후

    이 몸 불태워 어디로 떠돌 건가. 꽃말 없는 꽃들 이름 모를 들풀들 흐드러지게 피어 나와 맞대고 부비며 살아보자고 살아보자고 웅얼거리는 강토, 살아서 이루지 못한 이름들 초록이 물이랑 치는 삼천구백 리 어스름 강기슭 어디에도 허망한 불티 한 줌 분분히 흩날리지 말아야 하느니.

    뜨거워라 너울너울 더욱 뜨거워라. 쑥물 같은 그리움 울울이 옹이 맺힌 저문 빛의 꽃신을 벗어두고 길 없는 불보라 속에서 한 마당 허튼춤을 추느니, 넋 활활 얼 활활 오롯이 제 가닥 사위로 죽어서 눈 뜨는 몸은 사팔방 사르라 불사르라 휘돌고 뉘누리치며 불멸의 한 때를 더듬는다.

    혼백도 타고 나면 재가 남는가. 지신위 둘러 돌다 빈 입으로 호곡하고 가는 새 다우쳐 그망없이 흩어지고 말 한 자밤 생향도 피우지 말아라. 오늘날의 언약도 받지 못하고 홀로 옹근 이 몸 불태워 타오르는 불꽃마저 남김없이 불태워 한 생의 억정 가뭇없이 묻갊을 데를 불보다 뜨겁게 찾아 헤매고 있느니.

**하용준** 河龍俊

그간 발표한 작품으로 장편소설 『유기(留器)』(1999), 『신생대의 아침』(2000), 『쿠쿨칸
의 신전』(2001), 『제3의 손』(2005, 인터넷 연재), 『섬호정』(2012), 『고래소년 울치』(문
화체육관광부 최우수 교양도서, 올해의 청소년도서, 2013), 『태종무열왕』(전3권, 2013),
『아라홍련』(2014), 『제3의 손』(2015)이 있고, 단편소설로는 「귀화(鬼話)」(2005)가 있다.
장편소설 『유기』는 2008년 글누림출판사에서 『유기』(전2권)로 재간하였다. 2006년부터
독자들과 만나고 있는 대하역사소설 『북비』(전15권)는 현재 7권까지 출간되었다.
제1회 문창文昌문학상을 수상하였다.
올 3월에 서울대병원에서 폐암 몇 가나는 건 논할 수준이 넘었다는 진단을 받고, 현재
폐암 말기의 시한부 인생으로서 투병 중에 있다.

하용준 시집
멸滅

**초판 1쇄 발행** 2015년 6월 30일
**초판 2쇄 발행** 2015년 12월 7일

**지 은 이** 하용준

**펴 낸 이** 최종숙
**펴 낸 곳** 글누림출판사

**책임편집** 이태곤
**편    집** 문선희 박지인 권분옥 이소희 오정대
**디 자 인** 안혜진 이홍주
**마 케 팅** 박태훈 안현진

**주   소** 서울시 서초구 동광로46길 6-6(반포4동 577-25) 문창빌딩 2층(우137-807)
**전   화** 02-3409-2055(대표), 2058(영업), 2060(편집)
**팩   스** 02-3409-2059
**전자메일** nurim3888@hanmail.net
**홈페이지** www.geulnurim.co.kr
**등록번호** 제303-2005-000038호(2005.10.5)

**정   가** 10,000원
ISBN 978-89-6327-304-4 03810

**출력/인쇄 · 성환 C&P 제책 · 동신제책사 용지 · 에스에이치페이퍼**

* 이 도서의 국립중앙도서관 출판시도서목록(CIP)은 서지정보유통지원시스템 홈페이지(http://seoji.nl.go.kr)
  와 국가자료공동목록시스템(http://www.nl.go.kr/kolisnet)에서 이용하실 수 있습니다.
  (CIP제어번호: CIP2015014762)